AF158976

Wo bist Du?

Ich widme dieses Buch meiner lieben Mutter, die ein Leben lang immer für ihre Familie da war und es bis heute noch ist. Wir haben viel von Dir gelernt. Danke!

Soulsista

Wo bist Du?

*Bibliografische Information der Deutschen Nationalbibliothek:
Die Deutsche Nationalbibliothek verzeichnet diese Publikation in der Deutschen Nationalbibliografie; detaillierte bibliografische Daten sind im Internet über http://dnb.dnb.de abrufbar.*

*TWENTYSIX – Der Self-Publishing-Verlag
Eine Kooperation zwischen der Verlagsgruppe Random House und BoD – Books on Demand*

© 2018Soulsista

*Herstellung und Verlag:
BoD – Books on Demand, Norderstedt*

ISBN: 978-3-740-74883-8

Inhalt

Kapitel 1 7

Kapitel 2 18

Kapitel 3 50

Kapitel 4 65

Kapitel 5 94

Kapitel 1

Es war der letzte Tag des Jahrtausends und er sollte etwas ganz Besonderes werden. Meine Eltern und ich überlegten lange, wo wir zusammen Silvester feiern wollten. Nach langen Hin und Her, kamen wir dann aber zu dem Entschluss, zu Hause zu bleiben. Genauer gesagt bei uns, auf dem Land. Wahrscheinlich würden viele Leute zum Jahrtausendwechsel unterwegs sein und sicherlich wäre es woanders ziemlich teuer und nicht gerade kinderfreundlich. Unser Sohn Louis, fünf Jahre alt, würde wahrscheinlich um Mitternacht sowieso schlafen.

Patrick, mein Patenkind war damals elf Jahre alt und lebte seit seiner Geburt bei seinen Großeltern. Seine Mutter, die noch sehr jung war, wurde gleich nach der Geburt wieder schwanger und wäre mit einem zweiten Kind überlastet gewesen. Meine Eltern boten ihre Hilfe an, den Enkel groß zu ziehen.

Ein guter Entschluss für Patrick, denn er litt seit seinem dritten Lebensjahr an Diabetes, die niemand besser unter Kontrolle hatte als meine Eltern.

Silvester mit zwei kleineren Kindern gemütlich zuhause zu feiern, war dann wohl die beste Lösung für uns. Wir luden noch Louis' Patentante und ein paar gute Freunde ein, die ebenfalls einen Sohn mit sechs Jahren hatten. Mehr Leute mussten es ja auch nicht sein.

Ich war den ganzen Tag damit beschäftigt, das überaus reichhaltige, kalte Büffet vorzubereiten und bereitzustellen, bei welchem jeder etwas Leckeres zu Essen finden konnte. Zusätzliche Tische und Stühle mussten aufgebaut werden, damit alle Gäste Platz fanden. Doch was gibt es Schöneres, als mit Familie und Freunden zusammen das neue Jahr zu begrüßen? Meine Eltern hatten mir und meinen beiden Schwestern immer das Gefühl gegeben, dass Familie das wichtigste ist im Leben, besonders die Kinder. Ein Nest, in welchem man sich geborgen und sicher fühlte. Nur so konnte man die Anforderungen, die das Leben an uns alle stellte, gut meistern. Ich freute mich sehr auf diesen Silvesterabend.

Gegen sieben Uhr abends trafen die Gäste dann so nacheinander ein. Wir waren eine bunte Gesellschaft, Alt und Jung feierten miteinander. Jeder hatte an diesem Abend gute Laune, obwohl keiner so genau wusste, was das kommende Jahr für ihn bereithielt. Der Jahrtausendwechsel wurde auch in den Medien viel diskutiert und die Menschen waren voller Erwartung.

Auch unsere Familie hatte den einen oder anderen Gedanken an die Zukunft.

Doch zuerst wollten wir feiern, den Abend genießen, gut essen und trinken. Ich erntete großes Lob, schon allein für die Präsentation der köstlichen Speisen. Mancher brachte auch noch etwas Essbares mit, und das Büffet war vollendet. Es schien uns unmöglich nur die Hälfte davon aufzuessen. Ich freute mich auf den Abend, denn erstens hatte ich meine Familie um mich, die liebsten Menschen in meinem Leben, und zweitens fühlte ich mich so gut wie nie. Weihnachten, ein paar Tage zuvor, war ziemlich stressig gewesen, und ich war froh, dass es vorüber war. Heute sollte gefeiert werden.

Während des Essens tauschten wir dann unsere Gedanken aus. Wir erzählten uns gegenseitig unsere guten

Vorsätze, Wünsche und Hoffnungen für das Jahr 2000. Wie man das eben am letzten Tag eines Jahres so macht.

Große Feste standen uns bevor.

Meine Mutter würde ihren sechzigsten Geburtstag im August feiern. Für sie war dies schon ein großer neuer Abschnitt. Ein neues Jahrzehnt gehört wohl zu den denkwürdigsten Geburtstagen im Leben eines jeden Menschen.

Sie meinte, sie würde dann schon zu den Älteren in der Familie und in der Gesellschaft gehören. Doch meine Mutter hatte nicht wirklich ein Problem damit, denn sie besaß viel zu viel Schwung um alt zu sein. Ich konnte es mir auch gar nicht anders vorstellen. Was ändert da die Zahl sechzig daran? Wenn wir beide ab und zu ein Konzert besuchten, und ich sie mir dann so anschaute, sah sie immer gut und auch noch sehr jugendlich aus.

Sie ist nun mal der Antrieb der Familie, immer für alle da, und weiß den besten Rat.

Ich wollte ihr auf jeden Fall etwas ganz Schönes und Spezielles zum Geburtstag schenken. Sie sollte sich immer an diesen Tag erinnern können. Aber was nur? Vielleicht brachte der heutige Abend ihre Wünsche ans Licht oder ich erfuhr einfach, was ihr im Leben noch fehlte.

Der Abend nahm seinen Lauf bei flotter Musik und netten Gesprächen. Die Kinder tobten im oberen Stockwerk und feierten auf ihre Weise mit Spielen und lustigem Beisammensein. Alle waren bester Laune. Zwischen dem Essen wurde diskutiert, philosophiert und als die letzte Stunde des Jahres begann, hatte es sich jeder irgendwo gemütlich gemacht. Die Kinder hielten sich erstaunlich gut, tanzten nun zur

Musik, jeder war einfach fröhlich und vergnügt.

Plötzlich blickte meine Mutter mit einem nachdenklich bittersüßen Ausdruck im Gesicht in die Runde und sagte zu uns: „Ich habe irgendwo in Deutschland noch ein Geschwisterlein, vermutlich einen Bruder, ich bin mir aber nicht sicher. Meine Mutter hatte vor mir nämlich noch ein Kind zur Welt gebracht, welches ich nie gesehen hatte. Ich wüsste zu gerne wer es ist und wo es steckt. Meine Tante erzählte mir einmal, dass es ein Junge war, doch mehr leider nicht. Mein Vater, hatte dieses Thema immer vermieden, weil er mit der Vergangenheit, und seiner ersten Frau, die das Kind mit in die Ehe brachte, abgeschlossen hatte."

Diese Tatsache wurde zwar schon öfters mal beiläufig erwähnt, aber nie weiter darüber gesprochen. Bedingt durch meinen Großvater ließen wir das Thema immer ruhen, aber ich fand, es war nun an der Zeit, mehr darüber zu erfahren. Plötzlich hatte ich eine Idee. Die Familie musste komplett werden.

Ich blickte meine Mutter an, und in bester Krim-Sekt-Laune versprach ich ihr, ihren Bruder oder ihre Schwester zum sechzigsten Geburtstag einzuladen. Ich versicherte ihr, alles zu tun, um ihn oder sie ausfindig zu machen. Mir blieben genau siebeneinhalb Monate Zeit mein Versprechen einzulösen. Am vierzehnten August sollte das vermisste Familienmitglied mit uns am Tisch sitzen. Wir hatten jedoch keine Ahnung, wo er oder sie sich aufhalten könnte, noch wie der Name lautete.

Meine Mutter lächelte und sagte seufzend: „schön wär's".

Sogleich wechselte sie aber wieder das Thema, um die Stimmung nicht umschlagen zu lassen, denn es schien ihr unmöglich etwas herauszufinden. Es gab so gut wie keinen Anhaltspunkt, wo ich die Suche beginnen konnte.

Mir wurde schnell klar, was ich da soeben in den letzten fünf Minuten des alten Jahres auf mich genommen hatte, doch ich war fest entschlossen mein Versprechen zu halten.

Feuerwerk am Himmel leitete unsere Aufmerksamkeit nun auf das Neujahr. Jeder hatte sein Glas in der Hand und wir stießen alle mit einander auf das neue Jahrtausend an. Danach begaben wir uns gemeinsam auf die Terrasse und trugen unseren Teil zum Lichtermeer am Himmel bei. Den Kindern machte es ebenso einen riesen Spaß, besonders die lauten Knaller ließen sie aufhorchen. Selbst die Kleinsten, die um diese Zeit normalerweise längst im Bett hätten liegen sollen, ließen sich das Spektakel nicht entgehen.

Als wir uns umarmten und uns gegenseitig ein „Gesundes Neues Jahr" wünschten, kullerte so manche Träne. Tränen der Freude, der Hoffnung und der Rührung. Gleichzeitig mussten wir aber auch lachen. Es war so wie immer, meine Mutter und ich hatten eben nah am Wasser gebaut, wie man so schön sagt.

Nach dem Feuerwerk sind die Kinder dann doch müde geworden und legten sich hin. Freiwillig zogen sie ihre Schlafanzüge an und gingen ins Bett.

Wir Erwachsenen hielten noch bis halb drei Uhr in dieser Nacht durch. Für meine Eltern sollte es nicht so spät werden, denn jeden Morgen kurz nach sechs Uhr hieß es aufstehen. Tag für Tag, egal ob Weihnachten, Neujahr oder Geburtstag. Patrick musste sein Insulin bekommen, immer zur gleichen Zeit, jeden Tag. Ich bin meinen Eltern zutiefst dankbar, dass sie diese Aufgabe so hervorragend erledigten. Keiner von uns hätte es besser oder gleich gut machen können.

Patrick bedeutet mir sehr viel, und ich wünschte mir damals, dass er eines Tages bei mir leben würde, wenn meinen Eltern ihre große Aufgabe zu viel werden würde. Er war schließlich auch mein Patenkind und ein lieber Junge. Ich fühlte mich für ihn verantwortlich, als ob er mein eigener Sohn wäre.

Kapitel 2

Das neue Jahr war bereits ein paar Wochen alt, als mir mein Versprechen wieder einfiel, welches ich meiner Mutter am Silvesterabend gegeben hatte.

Doch wo sollte ich anfangen? Meine Großmutter war seit neununddreißig Jahren tot und meine Mutter wusste weder den Geburtsnamen meiner Großmutter, noch wie sie in erster Ehe hieß.

Die einzigen Informationen, die ich hatte, waren, dass die Mutter meiner Mutter schon einmal verheiratet war und aus dieser Ehe ein Kind hervor ging, welches nach der Scheidung beim Vater blieb. Warum auch immer? Wollte oder konnte meine Großmutter sich nicht um ihr Kind kümmern? Überlässt eine Mutter freiwillig ihr Kind dem Vater bei der Trennung? Viele

Fragen kamen mir in den Sinn. Für mich wäre das unvorstellbar gewesen. So wusste ich fast gar nichts von meiner Großmutter. Doch sie hatte wohl ein sehr bewegtes Leben gehabt. Wer war ihr erster Mann? Wo kam er her? Lebte er noch? Wo könnte er zuhause sein? Man hätte ihn ja fragen können, wo sein Sohn wohnte. Aber niemand hatte Details über diese Familiengeschichte. Und so suchte ich weiter einen Anfang für meine Recherche. Ich hätte meine Großmutter gerne kennengelernt, denn es gab einige Parallelen bei ihren Nachkommen.

Mir blieb nur eins übrig:

Mein Großvater musste mir helfen, schließlich hatte er ja einmal meine Großmutter geheiratet und sollte ihre Vorgeschichte kennen. Doch er vermied dieses Thema vehement.

An einem sonnigen Tag im Februar machte ich mich mit meinem Sohn

Louis auf den Weg zu ihm. Ich besuchte ihn zu Hause, wie schon des Öfteren, und versuchte so durch die Blume etwas aus ihm herauszubekommen. Doch der alte Herr verdrängte dieses Thema ganz und gar aus seinem Leben. Keine Chance. Er erzählte mir in knappen Worten, dass die Ehe nur kurze Zeit gehalten hatte, und er mit dem Lebenswandel seiner Frau nicht einverstanden war, sodass er jegliche Erinnerung von sich fern halten wollte. Somit schloss er das Thema wieder ab und erfreute sich an seinem Großenkel, der ihm sehr ans Herz gewachsen war. Ich saß daneben und erzählte ihm, was ich wusste, dabei schaute er etwas verärgert.

Die Tatsache, dass seine Frau noch zweimal geheiratet hatte nahm er zwar zur Kenntnis, interessierte ihn aber nicht weiter, auch nicht, dass meine Mutter ja dadurch noch Halbgeschwister hatte. Drei davon kannte sie bereits.

Es waren drei Brüder, die allesamt in ihrer Nähe wohnten.

Man sah sich ab und zu, hatte aber zu diesem Zweig der Familie sehr wenig Kontakt. Mein Großvater wollte das so. Aus Respekt vor seinen Wünschen hielten wir uns daran.

„Aber Opi", bohrte ich süffisant weiter, „du musst doch noch die Heiratsurkunde haben, da würde wenigstens ihr Geburtsname erwähnt sein und bestimmt auch der Name aus erster Ehe".

Ich wollte ihm nicht sagen was ich vorhatte, denn dieses Thema regte ihn irgendwie auf und das sollte es nicht. Er hatte seit einiger Zeit Herzprobleme. Daher nahm ich Rücksicht.

„Ja, ja, irgendwann werde ich die Urkunde schon mal wiederfinden, dann zeig ich sie dir," antwortete er leicht verstimmt und wandte sich erneut Louis zu. Damit war das Thema nun endgültig für ihn beendet und er sprach über andere Dinge mit uns.

Nach zwei Stunden verabschiedeten wir uns wieder und ich machte mich mit meinem kleinen Sohn auf den Heimweg.

Die kurze Stippvisite bei meinem Großvater blieb im Hinblick auf seine erste Frau erfolglos, trotzdem besuchte ich meinen Opi ganz gerne. Er war ganz vernarrt in Louis. Ich hatte meinem Sohn als zweiten Vornamen den ersten Vornamen meines Großvaters gegeben; Albert. Vielleicht kam daher die Innigkeit zwischen den Beiden zustande.

Zu Hause angekommen ließ mich die Geschichte nicht mehr los. Ich empfand es nun als meine persönliche Herausforderung, der Sache auf den Grund zu gehen und überlegte was ich als nächstes tun könnte und dachte angestrengt nach.

Aber was macht man ohne Namen? Wen suche ich eigentlich? Männlein oder Weiblein? Ich hatte schon öfters Bekannte oder Freunde ausfindig gemacht, deren Adressen ich nicht mehr hatte, aber da wusste ich wenigstens deren Namen.

Es gab hier fast keinen Anhaltspunkt. Aber nur fast. Mir kam die Idee den Bürgermeister der Gemeinde anzurufen, in welcher meine Großmutter zuletzt gelebt hatte. Vielleicht wusste er noch etwas, oder könnte in den Akten etwas finden. Irgendwo mussten ja Aufzeichnungen über sie sein.

Ich wählte die Nummer der Auskunft, denn das Telefonbuch dieser Gemeinde hatte ich nicht zu Hause und seinerzeit gab es für den privaten Gebrauch noch kein Internet.

Eine freundliche Stimme gab mir die Nummer und stellte sogleich auch eine Verbindung zum Bürgermeisteramt her. Ich landete bei der Sekretärin und erzählte ihr kurz mein Anliegen. Sie zeigte sich hilfsbereit. Der Bürgermeister hatte zu diesem Zeitpunkt, als ich anrief, zufällig keinen Termin, so konnte sie mich direkt mit ihm verbinden, falls er nicht gerade selber telefonierte. Ich wartete gespannt und lauschte währenddessen einer entspannenden Melodie.

Glücklicherweise war er auch sofort beim ersten Klingeln am Telefon und ich konnte ihm mein Anliegen direkt vortragen. Ich erzählte ihm wer ich bin und was meine Mission sei. Er zeigte sich interessiert und lauschte gespannt meinen Worten. Dann stellte er mir auch ein paar Fragen. Ein freundlicher Mann sprach zu mir, der mir gerne versuchte weiter zu helfen, die Familie wieder zu vereinen.

„Ich kann mich gut an ihre Großmutter erinnern", fuhr er fort, „obwohl ich erst zehn Jahre alt war, als ich sie kennenlernte. Wir wohnten damals in der Nachbarschaft. Sie war eine außergewöhnlich schöne Frau und sie sah aus, wie eine Filmschauspielerin". Ich jauchzte innerlich und war sehr froh darüber, endlich den Anfang meiner Suche gefunden zu haben.

Interessiert lauschte ich nun den Worten des Bürgermeisters.

Wir unterhielten uns noch eine Weile, doch auch er konnte mir bezüglich des Namens nicht weiterhelfen. Er gab mir aber den Rat, auf dem Standesamt der Stadt nachzufragen wo meine Mutter geboren wurde.

Das war auch so eine, nicht alltägliche Geschichte. Damals besuchte meine Großmutter, die im achten Monat schwanger war, meinen Großvater, der einen eigenen Betrieb hatte, auf einer Baustelle, fern von zu Hause. Er war seinerzeit an der Nordsee in Bremervörde tätig. Als sie ankam setzten prompt die Wehen ein. Vermutlich war die Reise zu anstrengend gewesen. Mein Großvater brachte sie sogleich ins Krankenhaus und meine Mutter kam ganz unerwartet dort zur Welt. Zum Glück erfuhr meine Mutter damals noch wo sie geboren wurde, denn allzu viele Informationen hatte sie ja auch nicht.

Erneut wählte ich die Nummer der Auskunft um das dortige Amt kontaktieren zu können. Sogleich wurde ich auch hier verbunden:

„Hallo", meldete sich eine freundliche Stimme, was kann ich für sie tun?

„Guten Tag", begann ich, „ich suche den Geburtsnamen meiner Großmutter, sie könnten ihn haben, denn meine Mutter wurde in Bremervörde geboren, und bei Geburten werden ja auch immer die vollständigen Namen der Eltern eingetragen."

Kurzes Schweigen in der Leitung. Ich hörte wie im Hintergrund Akten bewegt wurden und tatsächlich, ein paar Minuten später hatte die freundliche Dame eine erste Information für mich. Dieses Telefonat sollte der Anfang einer Telefonreise durch Deutschland werden.

„Hören Sie, ihre Großmutter war eine geborene Szember. Sie wurde in Bielsk, Polen geboren."

„Polen?", hakte ich erstaunt nach. Ich fragte mich, ob Bielsk damals auch zu Polen gehörte. War sie nun Polin oder Deutsche oder gar Russin?

„Ja", fuhr die Frau am anderen Ende der Leitung fort, „und die Ehe mit ihrem Großvater wurde in Erfurt bei der Urkundenstelle dokumentiert. Es war im Dezember 1939. Wenn sie dort anrufen, können Sie bestimmt den Namen des ersten Ehemannes ihrer Großmutter erfragen."

„Danke, vielen Dank ich werde es sogleich versuchen, " antwortete ich mit einem Gefühl des ersten Erfolges im Bauch. Ich behielt den Hörer in der Hand und wählte die Nummer meiner Eltern.

„Hallo Mama", begann ich, „hast Du gewusst, dass du halbe Polin bist? Oder gehörte dieses Gebiet zu Russland als meine Großmutter geboren wurde?"

Diese Fakten wollte ich später noch einmal recherchieren.

„Was, wieso", fragte meine Mutter aufgeregt. „Wovon redest du?"

Ich erzählte ihr, was ich soeben herausgefunden hatte und versprach weiter zu recherchieren. Meine Mutter war völlig überrascht. Sie hatte nicht mehr damit gerechnet, dass wir irgendwie vorwärtskommen.

„Jetzt weiß ich, von wem meine drei Töchter ihr Temperament geerbt haben. Dass meine Mutter in Polen oder Russland geboren wurde, hat mir mein Vater nie erzählt".

Wir sprachen noch eine kurze Weile und ich erklärte ihr, dass ich sofort weitersuchen werde und jetzt auflegen müsste. Sie verabschiedete sich sogleich.

Für mich ging die „Reise" weiter. Die Geschichte fing nun wirklich an interessant zu werden. Ich fasste die spärlichen Fakten zusammen: Meine

Großmutter war vermutlich Polin, sie hatte sehr jung geheiratet, und ich schätze sie hatte während der damaligen Zeit keine großen Ansprüche zu stellen, auch nicht bezüglich der Kinder nach der Scheidung. Oder wollte sie die Kinder doch nicht bei sich haben. Die Frage blieb unbeantwortet. Meine Mutter lebte zwar eine kurze Zeit bei ihr und ihrem Vater, doch nach der Scheidung, kam sie zu ihrer Großmutter väterlicherseits. Warum hatte ihre Mutter sie nicht mitgenommen? Warum lässt eine Frau zweimal ein Kind zurück? Wollte sie das selber? Wie war sie? Was hatte sie trotz aller Schönheit für einen Charakter?

Meine Mutter, eine ebenso hübsche Frau, wuchs also die meiste Zeit bei ihrer Großmutter auf, die sie sehr liebte und die ihr die eigene Mutter ersetzte. Sie hatte, wie sie mir erzählte, eine glückliche Kindheit auf dem Lande. Trotz der Abwesenheit ihrer Eltern, denn der Vater musste ja arbeiten und konnte somit nicht ständig bei ihr sein. Sie besuchte wie alle anderen Kinder die Schule, und nachmittags stand Gänse hüten mit ihrem Cousin Hans-Dieter auf dem Programm. Sie hatte mir ab und zu davon erzählt, wie sie barfuß über die Wiesen liefen und warteten, bis die Gänse die Kröpfe vollgefressen hatten. Vorher sollten sie abends nicht nach Hause kommen. Sie erinnerte sich gerne an ihre Kindheit zurück. Es waren schöne Jahre auf dem Lande. Das alles war bereits über fünfzig Jahre her.

Ich setzte meine Aktivitäten fort und erhielt weitere Informationen.

Es waren schon zwei Kinder auf der Welt, als meine Großmutter das dritte Mal heiratete. Sie bekam drei weitere Kinder, allesamt Buben. Leider starb sie dann in jungen Jahren an einer Bauchhöhlenschwangerschaft, sodass auch diese drei Kinder beim Vater alleine großwerden mussten.

Das alles war nun viele Jahre her. Aber ich war ein Stückchen weitergekommen. Immerhin wusste ich nun unter welchem Namen sie geboren wurde; Anna Szember. Mir fehlte nur noch der Name ihrer ersten Ehe, dann hatte ich auch den Namen des Kindes wenn es ein Junge war. Ein Mädchen würde die Suche, falls sie verheiratet wäre, erheblich erschweren. Ich hoffte Glück zu haben.

Erneut griff ich zum Telefonhörer.

„Urkundenstelle Erfurt, guten Tag", meldete sich eine Stimme am anderen Ende der Leitung.

„Guten Tag, " ich suche den Namen meiner Großmutter, den sie in erster Ehe hatte, „begann ich meine lange Rede". Ich rasselte die ganzen Details herunter, die ich schon hatte und war gespannt auf die Antwort.

„Nun ja", begann sie, „das lässt sich schon herausfinden. Es dauert aber ein paar Tage und ich möchte Sie bitten mir vorher eine Bearbeitungsgebühr zu überweisen. Der Bescheid geht Ihnen dann in den nächsten Tagen zu."

Ich konnte es kaum glauben. Ungeduldig brannte ich darauf die Antwort zu erhalten, und meine Gesprächspartnerin hatte die Ruhe weg. Gebührenbescheid, wie umständlich und zeitraubend. Doch es nutzte nichts. Ich bekam keine Antwort ohne vorher bezahlt zu haben. Also hieß es wieder abwarten. Ich wollte den Schwung nicht verlieren und hoffte auf baldige Informationen.

Tatsächlich, nach ein paar Tagen bekam ich Post. Sofort öffnete ich den Umschlag und entnahm den Inhalt.

Wie erwartet kam ein Anschrieben mit einem vorbereiteten Überweisungsschein. Ich eilte sofort zur Bank um den Betrag zu überweisen. Homebanking war damals noch kein Thema. Als ich wieder zurück nach Hause kam, wählte ich erneut die Nummer der Urkundenstelle:

„Hallo, wir haben vor ein paar Tagen schon miteinander gesprochen, wegen meiner Großmutter. Ich habe den Betrag soeben überwiesen. Verraten sie mir jetzt bitte den Namen?", fragte ich hoffnungsvoll

„Ach ja, ich erinnere mich an sie", kam die Antwort, „aber wir geben keine telefonischen Auskünfte. Wir teilen Ihnen den Namen schriftlich mit."

Ich war beinahe am Platzen.

„Nun seien sie doch nicht so amtlich" sagte ich ungeduldig, sie haben den Namen auf der Zunge liegen, sagen sie ihn mir doch bitte." Aber die Frau blieb hart. Alles Bitten half nichts. Sie verabschiedete sich und legte auf. Kopfschüttelnd legte ich den Hörer auf die Gabel zurück.

Ich konnte es nicht fassen, sie wusste den Namen und ich muss auf die Post warten. Typisch Ämter und dann noch in der früheren DDR, sagte ich mir, da braucht eben alles seine Zeit. Die sind halt nicht so schnelle, aber trotzdem verschlug es uns im Leben immer wieder in diese Richtung. Meine Familie liebte den Thüringer Wald und nicht zuletzt die köstliche Thüringer Küche mit ihren berühmten Bratwürsten. Aber auch die Thüringer Klöße, zusammen mit einer guten Soße genossen, waren ein Gaumenschmaus. Wer konnte da schon widerstehen? Doch hier musste ich nun geduldig sein. Das passte so gar nicht zu mir.

Der Geburtstag meiner Mutter rückte näher, doch es blieb mir noch genügend Zeit mein Versprechen zu halten. Zwei Tage nach dem Telefonat kam der Brief. Hastig riss ich den Umschlag auf. Die Spannung stieg. Ich entnahm das Schreiben und las den Text. Der Name „Färber" stach fettgedruckt auf dem Blatt hervor. Das war also des Rätsels Lösung. Färber, ein einfacher Name, den es wahrscheinlich x-mal gab.

Meine Großmutter hieß also Anna Färber. In Gedanken wiederholte ich den Namen immer wieder. Eine gewisse Zufriedenheit überkam mich, obwohl meine Suche jetzt erst richtig losging. Aber ich hatte einen Anhaltspunkt, einen Namen, eine Spur.

Ich hoffte nun, dass das erste Kind meiner Großmutter ein Sohn war, denn dann saß irgendwo in Deutschland ein Herr Färber, der nicht wusste, dass ich seine Nichte bin und nach ihm suchte. „Ich finde dich schon Onkelchen, warte nur", sagte ich ermutigend zu mir selber.

Wow, ich war ein gutes Stück weitergekommen, aber für mehr Auskünfte musste ich die Urkundenstelle Erfurt nochmals ansprechen.

Diesmal probierte ich es mit einem Fax um die Antwort zu beschleunigen. Ich bedankte mich herzlich für die bisherigen Informationen und erklärte, dass in diese Färber-Ehe ein Kind geboren wurde. Mein Halbonkel oder meine Halbtante, wie man so schön sagt. Ich bat um den Namen und eventuell um den möglichen Wohnort, falls dieser bekannt sei. Die Tage vergingen. Eine schnelle Antwort war wohl nicht zu erwarten. Doch dann, eine Woche später erhielt ich einen weiteren Brief aus Erfurt. Diesmal sogar, erfreulicherweise, ohne einen

Gebührenbescheid. Jetzt war ich der Sache wirklich nähergekommen. Trotz meiner großen Neugierde packte ich den Umschlag ungeöffnet in meine Handtasche und fuhr mit meinem Sohn sogleich zu meiner Mutter. Sie sollte mit mir den großen Moment erleben, den Namen zu erfahren. Solange hatte sie darauf gewartet. Irgendwie war mir klar, in diesem Brief stand der Name ihrer Schwester oder ihres Bruders. Ich hatte so ein Gefühl. Eine negative Auskunft hatte ich nicht erwartet.

Kurz vor dem Feierabendverkehr machte ich mich auf den Weg. Hoffentlich waren meine Eltern auch zu Hause. Nach fünfzehnminütiger Fahrt parkte ich meinen Wagen in der Hofeinfahrt, stieg hastig aus, schnappte mir Louis und klingelte an der Haustür. Meine Mutter öffnete sogleich.

„Hallo, schön, dass ihr wieder einmal vorbeischaut", begrüßte meine Mutter Louis und mich. „Trinkst Du eine Tasse Kaffee mit mir?", fuhr sie fort.

„Ja, aber bitte wie immer den Koffeinfreien," antwortete ich in fast feierlicher Stimmung, denn ich bin heute etwas nervös, und ich glaube du bist es auch gleich, wenn ich dir sage was ich hier habe."

Neugierig schaute sie mich an. Ich nahm die Handtasche und kramte den Brief hervor. Meine Mutter verstand nicht sofort. Sie blickte mich fragend an.

„Dies könnte die Antwort sein" sagte ich und hielt den Briefumschlag hoch. „Es ist eine weitere Nachricht der Urkunden stelle Erfurt. Entweder sie haben den Namen deiner Schwester oder deines Bruders herausgefunden, oder vielleicht auch nicht. Aber sehen wir mal was uns hier geschrieben wurde".

Meine Mutter setzte sich an den Tisch. Sie schaute auf einmal ernst drein und wurde ungeduldig. „Nun mach schon auf", drängte sie. „Und lies vor. Was steht drin?"

Ich las vor: Sehr geehrte Frau….. und so weiter, bei der Urkundenstelle Erfurt ist hinterlegt, dass aus der Ehe Färber ein Sohn hervorging. Mit freundlichen Grüßen...

„Ein Sohn", wiederholte meine Mutter mit glasigen Augen, „ich habe einen großen Bruder. Dann hat das also doch gestimmt, was ich schon einmal gehört habe. Es war ein Junge. Doch wo finden wir ihn nun? Was wollen wir ihm eigentlich sagen? Oh mein Gott, wie ich mich nun freue. Jetzt habe ich drei jüngere Brüder und einen älteren. Und ich bin die einzige Tochter meiner Mutter".

Ich blickte meine Mutter an. Sie war nun leicht aufgeregt und ihre blauen Augen strahlten. Man konnte ihr die Freude wirklich ansehen.

„Geboren in Erfurt, vielleicht wohnt er ja noch dort", ergänzte ich. Lass mich mal gleich die Auskunft anrufen. Unsere Suche geht weiter und wir haben eine heiße Spur. Nicht wahr, Mama, da bist Du jetzt überrascht?" Ich strahlte nun ebenso. Wir schauten uns zufrieden an. Die Wunscherfüllung meiner Mutter rückte in greifbare Nähe.

Mein Sohn reichte mir derweil das Telefon und ich wählte die Nummer der Auskunft.

Eine freundliche Stimme suchte nach dem Namen. Leider hatte ich ja noch keinen Vornamen und so gab sie mir mehrere Nummern zur Auswahl. Es waren in Erfurt sechs Familien mit dem Nachnamen Färber eingetragen, einer davon war sogar ein Graf, aber der schied wohl aus.

„Nun", sagte ich zu meiner Mutter, „dann rufen wir alle Nummern an und fragen uns weiter durch. Irgendwo muss er ja stecken, sofern er nicht weggezogen ist. Mit euphorischer Stimme erzählte ich den angerufenen meine Geschichte, aber keiner war der Sohn der Anna Färber, geb., Szember.

Etwas enttäuscht überlegte ich meine weitere Vorgehensweise. Zuletzt wählte ich erneut die Nummer der Urkundenstelle in Erfurt. Sie mussten doch wissen, wie der Vorname lautete. Hoffentlich würde ich diesmal wieder eine Antwort ohne schriftliche Anfrage oder vorherigen Gebührenbescheid bekommen.

Das Telefon läutete am anderen Ende der Leitung, zum Glück noch zu den üblichen Bürozeiten, als ich anrief.

Schließlich wurde mein Anruf entgegengenommen. Ich war wieder mit der gleichen Frau wie schon zweimal zuvor verbunden.

„Guten Tag", begann ich, „jetzt muss ich sie nochmals wegen meiner Suche belästigen. Es fehlt mir noch eine wichtige Information. Sagen Sie mir bitte noch eins, wie lautet der Vornamen des Jungen"?

„Einen Moment", kam es von der anderen Seite, „ich bin gleich wieder zurück." Die Minuten vergingen und die Wartezeit kam uns wie eine Ewigkeit vor. Wir saßen am Tisch und blickten uns an. Inzwischen war der Kaffee fertig und wir starrten auf die Tasse als stünde dort die Antwort. Die Spannung stieg weiter an. Dann kam die erlösende Stimme:

„Hören Sie", vernahm ich am anderen Ende der Leitung, „der Sohn heißt

Klaus Färber und ist am 16.6.1937 in Arnstadt geboren."

„Arnstadt", hakte ich sogleich nach, „wo liegt denn das, und haben sie vielleicht eine Adresse?"

Ich kannte mich in der Gegend nicht aus und hatte noch nie von diesem Ort gehört.

„Kindchen", fuhr die Amtsdame weiter fort, „Arnstadt liegt in der Nähe von Erfurt und als Adresse habe ich die Fritz-Schneider Straße eingetragen. So, mehr weiß ich nun wirklich nicht."

Wir verabschiedeten uns, ich bedankte mich nochmals und legte den Hörer auf. Na, das hätte sie mir ja gleich sagen können. Aber so kam ich Stück für Stück weiter. Die Nachforschung machte mir Spaß und ich freute mich über jede noch so kleine Auskunft. Doch nun hatten wir alles parat. Jetzt gab es nur noch eine Frage: „Wo bist

Du?" Ich informierte meine Mutter: „Mama, ich habe nun erfahren, dass dein Bruder Klaus heißt und in Arnstadt in der Fritz-Schneider Straße wohnt. Diese Telefonnummer fragen wir jetzt nochmals bei der Auskunft an."

Erneut nahm ich den Hörer des Telefons in die Hand und wählte die Nummer, die hoffentlich nun das gewünschte Ergebnis brachte.

„Tut mir leid, ich habe keinen Klaus Färber in der Fritz Schneider Straße eingetragen, aber in der Nordstraße", kam die Antwort der Auskunft.

Die Straße war egal, womöglich war er umgezogen. Ich jubelte innerlich. Das gute Gefühl in mir sagte, dass das nun der Durchbruch war. Mein Onkel Klaus würde bald ein paar Nichten und Neffen haben, von denen er bisher nichts wusste.

„Mama, wir haben ihn. Er ist zwar umgezogen, aber brav wie sich das gehört, wenn man jemanden sucht, im selben Ort", sagte ich schmunzelnd und wählte die Nummer, die hoffentlich meine Suche beendete. Meine Mutter blickte gespannt und leicht nervös zu mir herüber. Sie trank bereits die dritte Tasse Kaffee. Ich saß am Telefon und drückte den Hörer fest ans Ohr und wartete freudig die Klingelzeichen ab. Einmal, zweimal, dreimal...

„Färber", sagte eine weibliche Stimme.

„Guten Tag, Frau Färber, mein Name ist Sabine Bauer", begann ich. „Gibt es bei Ihnen einen Klaus Färber, und wenn ja könnte ich ihn dann bitte sprechen?"

„Mein Mann ist nicht da, er kommt aber in einer halben Stunde wieder zurück, um was geht es denn?", kam die Antwort.

„Nun ja, ich wollte ihn fragen wie seine Mutter heißt, denn ich bin auf der Suche nach meinem Onkel." Ich erzählte dieser netten Frau Färber kurz die ganze Geschichte. Sie lauschte gespannt, sagte jedoch: „Seine Mutter heißt Gertrud Färber." Ich war abermals enttäuscht. Das konnte doch nicht wahr sein. Wie viele Klaus Färber gibt es denn in der Gegend? Leicht resigniert erwiderte ich, „oh, dann bin ich wohl bei Ihnen nicht richtig gelandet, ich suche einen Klaus Färber dessen Mutter Anna hieß:"

„Anna?", fragte die Frau zurück interessiert.

„Ja, Anna", fuhr ich fort.

„Soweit ich weiß, hieß seine leibliche Mutter Anna, aber die ist schon viele Jahre tot. Seine Stiefmutter hieß Gertrud", erklärte mir die Frau am anderen Ende der Leitung. Oh mein Gott.

Ich horchte auf und fragte weiter: "Anna Szember vielleicht?"

„Ja genau, Anna Szember" sagte Frau Färber mit freudiger Stimme.

Ich bekam nun auch glasige Augen so wie meine Mutter.

Ich war am Ziel, wir hatten ihn gefunden. Am Telefon war seine Frau Sigrid. Ich erzählte ihr die ganze Geschichte noch einmal ausführlicher und sie war überwältigt. Sie freute sich sehr über meinen Anruf, obwohl sie anfangs eher dazu neigte das Gespräch abzubrechen, denn sie vermutete, dass ich von einer Versicherungsgesellschaft aus anrufe und mit ihr irgendeine unwichtige Versicherung abschließen wollte. Doch dann wurde sie offener. Sie war sehr herzlich und bat mich in einer halben Stunde noch einmal anzurufen. „Mein Mann wird aus allen Wolken fallen, wenn er das hört. Er weiß nämlich nicht, dass er irgendwo noch Verwandte hat, und Sie -ach aber sagen wir doch gleich du - und Du sagst nun er hätte eine Schwester und drei Brüder, das wird ihn umhauen. Absolut."

Meine Mutter freute sich riesig. Sie hatte alles über den Lautsprecher mit angehört und konnte es selber kaum glauben. Wir tranken gleich ein Likörchen auf den Erfolg und warteten die halbe Stunde ab.

Kapitel 3

Währenddessen kam Klaus Färber nach Hause. Er hatte ein paar wichtige Besorgungen zu machen und war froh nun endlich alles erledigt zu haben.

„Hallo, ich bin wieder da." rief er seiner Frau zu. Er hängte seine Jacke an die Garderobe und betrat die Küche. Der frisch gekochte Kaffee duftete und Klaus freute sich auf ein Stück Maulwurfkuchen, der immer so herrlich schmeckte. Seine Frau Sigrid deutete auf einen Stuhl am Tisch und bat ihn sich hinzusetzen. Verwundert blickte er sie an. Was wollte seine Frau ihm jetzt sagen? Es war doch wohl nichts mit den Kindern passiert, oder? Aber sie hatte ein Lächeln auf dem Gesicht und so erwartete er nichts Schlimmes. Er setzte sich an den Tisch nahm einen Schluck Kaffee und biss genüsslich in den Kuchen, den er in der Hand hielt.

„Du Klaus", begann seine Frau vorsichtig, „du kennst doch die Sendung „Lass Dich überraschen", nicht wahr?"

„Ja klar, wer kennt die nicht, aber was soll das jetzt?", fragte er zurück. „Willst Du mich heute überraschen?" Sigrid nickte. „Genau das passiert heute mit dir", erzählte seine Frau weiter, „ich habe eine Überraschung für dich."

„So ein Quatsch. Mit wem oder mit was kannst du mich überraschen?" antwortete er lachend und aß gemütlich seinen Kuchen weiter. Doch das letzte Stück konnte er kaum noch herunterschlucken, so baff war er, als er hörte, was seine Frau ihm da berichtete. Seine Gesichtsfarbe wechselte in ein freudig erregtes rot und seine Augen glänzten.

Sigrid erzählte ihrem Mann von dem Anruf seiner Nichte und teilte ihm mit, dass er eine Schwester, drei Brüder und mehrere Nichten und Neffen hatte, die in Süddeutschland wohnten. Klaus stockte. Mit Tränen der Freude stand er auf und umarmte seine Frau. Skeptisch und hoffnungsvoll zugleich konnte er es kaum erwarten, mehr zu erfahren. Er hatte es sich immer sehnlichst gewünscht, noch Verwandte von seiner verstorbenen Mutter zu haben und nun soll alles wahr werden. Oft fühlte er sich alleine, und er malte sich aus, wie es wäre noch Geschwister zu haben. Mit seiner Frau Sigrid und seinen beiden Töchtern hatte er dann ja auch eine glückliche Familie gegründet. Doch nun diese Nachricht. Ein überwältigendes Gefühl der Wärme überkam ihn. Er hatte ja keine Ahnung gehabt, dass es überhaupt Jemanden geben könnte. Er fühlte sich wie ein kleiner Junge, der Weihnachten, Geburtstag und Ostern an einem Tag feiern durfte.

„Wieso hat mir meine Mutter äh Stiefmutter nie etwas davon erzählt", wunderte er sich. „Ich kann es nicht fassen, das glaube ich einfach nicht. Ich habe noch Familie. Juchu."

Klaus war ganz aus dem Häuschen. Er sprang vor Freude in die Luft, so wie Hans Rosenthal, wenn er bei seiner Fernsehsendung „das war Spitze" ausrief. Der Kaffee und der Kuchen schmeckten ihm heute so gut wie nie. Er war immer schon ein humorvoller und netter Mensch gewesen, aber heute konnte er sein Glück kaum fassen. Er hätte für diese Nachricht die ganze Welt umarmen können. Zugleich wurde ihm aber auch bewusst, dass sein Vater und seine Stiefmutter ihn angelogen haben mussten. Warum? Tausend Fragen kamen ihm nun in den Sinn. Auf einmal verändert sich das Leben auf unerwartete Weise.

„Warte es ab", sprach Sigrid weiter, „gleich ruft deine Nichte wieder an. Sabine heißt sie übrigens, und sie ist die älteste Tochter deiner Schwester Monika. Sie suchte dich schon eine Weile und hat dich heute schließlich gefunden. Sicher erzählt sie dir nachher die Details."

Gespannt wartete Klaus bis sein Telefon klingelte. Sollte das wirklich alles wahr sein? Es musste was Wahres dran sein, denn woher sonst kannte dann diese Sabine den Namen seiner längst verstorbenen Mutter? Aber es gab doch nie einen Anhaltspunkt, dass seine Mutter wieder geheiratet hatte. Zweifel und Fragen kreisten in seinem Kopf. Während er mit seiner Frau Sigrid versuchte die ganze Geschichte durchzukauen, klingelte erneut das Telefon. Hastig nahm er den Hörer ab und meldete sich sogleich mit seinem vollen Namen.

„Hallo, hier spricht Sabine, wie es aussieht sind sie, mmhh, bist du mein Onkel, bzw. Halbonkel." begann ich.

Klaus antwortete freudig: „Ja, meine Frau hat mir schon etwas erzählt, ich kann es gar nicht fassen. Erzähl mal, wie hast du mich gefunden, Sabine? Wie kommst Du darauf, dass ich es bin, den du suchst? Erzähl mal!"

Ich schilderte ihm die ganze Geschichte und nach einer Weile waren wir beide hundertprozentig sicher, dass alles stimmen musste. Die Details passten mit denen, die Klaus mir noch gab, zusammen. Wir sind eine Familie! Ein schönes und bewegendes Gefühl. Für uns alle.

Klaus zeigte mir schon am Telefon, dass er die gleiche humorvolle Art hatte wie wir und wir waren uns auch auf

Anhieb sympathisch. Wir erzählten und erzählten, während meine Mutter aufgeregt daneben saß und über den Außenlautsprecher des Telefons alles mit anhören konnte.

Nach einer Weile sagte ich dann zu Klaus, dass ich nun den Hörer an meine Mutter, seine Schwester weiterreiche und er sich direkt mit ihr einmal unterhalten könnte. Ein euphorisches „Ja bitte, mach das" ertönte aus dem Telefon und ich übergab das Telefon an meine Mutter.

Als sie den Hörer in der Hand hatte, brachte sie keinen Ton heraus. Mit Tränen der Freude in den Augen stammelte sie nur: „Hallo, ich bin es, deine Schwester Monika. Ich weiß jetzt gar nicht was ich sagen soll. So lange habe ich mir gewünscht dich zu finden."

Wir waren alle in einer sehr emotionalen Stimmung. Sie wechselten noch ein paar Worte miteinander, dann gab meine Mutter mir den Hörer zurück. Klaus bat um unsere Anschrift und Telefonnummer. „Du musst ja sonst alle Kosten alleine tragen", sagte er zu mir. (Zur Zeit meiner Recherche gab es noch keine Flatrate wie heute, und bei meiner „Deutschlandreise per Telefon" handelte es sich ja nicht gerade um Ortsgespräche). Ich bin dir ja so dankbar. Ein Traum wurde wahr. Ich danke dir, dass du dir die große Mühe gemacht hast mich zu suchen. Du hast wenigstens gewusst, dass es mich gibt. Ich hätte ja gar nichts machen könne, ich wusste ja nicht, dass es euch gibt."

„Oh Onkelchen, es hat mir einen Riesenspaß gemacht nach dir zu suchen, und meiner Mutter habe ich einen großen Wunsch erfüllt", antwortete ich lachend.

Wir verabschiedeten uns voneinander und versprachen uns gleichzeitig, bald wieder miteinander zu telefonieren. Ich legte den Hörer auf. Zufrieden mit mir selber blickte ich meine Mutter an. Sie sah glücklich aus. Das Ziel war erreicht, mein Versprechen an sie stand kurz vor der Erfüllung. Wir unterhielten und noch eine Weile über dies und das, spekulierten über das Aussehen der „neuen" Verwandten und waren bester Stimmung.

Zwanzig Minuten später klingelte das Telefon. Es war Klaus, er wollte die Nummer ausprobieren und nochmal mit seiner Schwester reden und um sich der ganzen Sache nochmal bewusst zu werden. Er konnte alles noch gar nicht fassen, weshalb er an diesem Abend noch ein weiteres Mal anrief. Seine Stimmung war überschwänglich an diesem Tagesende und er ließ uns daran teilhaben. Wir alle freuten uns auf unsere neuen Familienmitglieder und es sollte nicht allzu lange dauern, bis man sich endlich persönlich in die Arme schließen konnte. Wir informierten auch sogleich meinen Vater und den Rest der Familie, dass nunmehr ein Onkel, eine Tante und zwei Nichten gefunden wurden, mit welchen wir verwandt sind. Alle waren neugierig und der große runde Geburtstag musste nun geplant werden.

Zwei Tage nach unseren Telefonaten mit Onkel Klaus erreichte meine Mutter ein Brief von ihm. Voller Rührung erzählte sie von seinem Inhalt. Klaus schrieb ihr folgende Worte:

Er selber war damals schon sechzehn Jahre alt, als er zufällig von einer Nachbarin erfuhr, dass Gudrun Färber seine Stiefmutter war. Der Schock saß tief, dennoch hatte er immer so ein seltsames Gefühl in Bezug auf seine Mutter. Doch nie wäre er auf die Idee gekommen, dass man ihm eine derartige Wahrheit verheimlichte.

Als er damals seinen Vater nachdem Gespräch mit der Nachbarin zur Rede stellte, gab dieser zu, dass es stimmte. Er betonte aber auch, sich sehr schnell wieder von seiner ersten Frau Anna getrennt zu haben. Sein Sohn Klaus wurde ihm damals zugesprochen.

Meiner Mutter kam dieser Umstand bekannt vor, da sie ja auch ihrem Vater zugesprochen wurde. Oder hatte meine Großmutter ihre Kinder von sich aus zurückgelassen. Diese Frage beschäftigte mich dauernd.

Danach heiratete Klaus' Vater eine gewisse Gertrud und sie bekamen einen weiteren Sohn. Klaus' einziger Bruder, bis heute. Wie schnell sich alles ändern kann.

Auf einmal hatte er vier Geschwister mehr. Von Anna, seiner leiblichen Mutter, hatte niemand mehr etwas gehört. Oder doch? Klaus stutzte. Die letzte Information die er bekam, war, dass sie einen Zahnarzt geheiratet hätte und dann sehr früh gestorben sei. Das war wohl gelogen. Nun wurde Klaus alles klar. Es passte so langsam alles zusammen. Seine zweite Mutter hatte es ihn ja auch immer spüren lassen, nicht ihr Sohn zu sein. Er war ein kleiner Junge als sie in sein Leben trat und er begriff damals noch nicht, dass sie gar nicht seine leibliche Mutter war. Die Familie wuchs zusammen auf, einzig das Verhältnis zu seiner Mutter war etwas distanzierter als das zum Vater. Sie schenkte ihm wenig Liebe. Da er den wahren Grund nicht kannte, glaubte er es sei das Los des Älteren immer an letzter Stelle zu stehen. Seine Mutter behandelte ihn nie so liebevoll wie seinen kleinen Bruder auch war sie dem jüngeren gegenüber stets großzügiger. Da musste er nun dreiundsechzig Jahre alt werden, um die ganze Geschichte zu erfahren.

Meine Mutter reichte mir den Brief, dem auch ein Foto von Klaus beigelegt war. Wir waren uns sofort einig, dass er große Ähnlichkeit mit seiner Mutter Anna hatte. Die Gesichtsform stimmte und das freundliche Lächeln auf seinem Gesicht fand man auch auf den wenigen Fotos, die meine Mutter von ihrer Mutter besaß. Meine Mutter schaute sich lange das Bild ihres großen Bruders an. Sie machte sich ein paar Gedanken und sprach diese laut aus: „Wie doch das Leben so spielt. Wer führt Regie? Der Zufall? Es gibt sicher viele Familiengeschichten dieser Art. Ich bin sehr froh, dass wir es jetzt im Alter noch geschafft haben, uns zu finden. Ich wünsche dies allen anderen Familien auch. Es ist ein tolles Gefühl."

Wir setzten uns sogleich hin und schrieben den Antwortbrief und stellten uns dabei vor, wie es wohl sein wird, wenn wir uns alle gegenüberstehen würden.

Da Klaus schon Rentner war, wie er schrieb, konnte er sich jederzeit für einen Besuch begeistern. Wir luden ihn und seine Frau Sigrid für die Osterferien ein. Mein Vater hatte auch während den Osterferien Urlaub und wie sich später herausstellte, konnte Sigrid auch nur zu dieser Zeit, da sie noch als Lehrerin tätig war. Der Termin für das erste Treffen er Familien war also gefunden.

Ein paar Tage später kam die Zusage. Meine Mutter war völlig aus dem Häuschen.

„Endlich lerne ich meinen großen Bruder kenne und kann ihn in meine Arme schließen", sagte sie und war fortan beschäftigt das Gästezimmer herzurichten. Sie überlegte was es zu Essen geben sollte, stellte ihre Einkaufsliste zusammen und informierte den Rest der Familie, meine Schwestern Andrea und Ulrike mit ihren Partnern und Kindern, über das anstehende Zusammenkommen. Meinem Großvater, ihrem Vater, sagte sie nichts. Seine Frau, die Stiefmutter meiner Mutter, hätte dies wohl auch nicht gerne gesehen. Warum sollte man also die alten Leutchen noch aufregen?

Kapitel 4

Ich hatte nun ganz andere Dinge zu tun. Schöne Dinge, denn ich plante ein Fest unter dem Motto: „Die Kinder der Anna Szember".

Zuerst musste ich mich nun daran machen, meine anderen drei Onkels, die jüngeren Halbbrüder meiner Mutter, zusammenzutrommeln. Alle drei „Jungs" hatte ich lange nicht gesehen, einen davon sogar so lange nicht, dass ich mich gar nicht mehr an ihn erinnern konnte. Es war also allerhöchste Zeit, diesen Verwandtschaftszweig wieder etwas mehr zu pflegen. Meine Mutter gab mir die Adressen und ich rief gleich den ersten ihrer Halbbrüder an.

„Hallo Onkel Thomas", hier spricht Sabine.

„Hallo Sabine, wie geht's Dir, lange nichts gehört von Euch", kam die Antwort.

„Ja, das kann man wohl sagen". Ich erzählte ihm in kurzen Details was passiert war und auch er war ziemlich überrascht als er die Geschichte hörte. Er hatte keine Ahnung, dass es noch einen großen Bruder in seiner Familie gab. Die Idee mit dem Zusammentreffen fand er sehr gut und er freute sich, dass ich alles organisierte.

Ich schlug ihm einen Termin für das Fest vor, den ich vorher mit meiner Mutter abgestimmt hatte. Onkel Thomas zeigte sich begeistert. Mein jüngster Onkel bot mir an, die anderen beiden Brüder über die ganze Sache zu informieren und sie in meinem Namen einzuladen, denn sie waren beruflich viel unterwegs und nur schwer zu erreichen.

„Also, ich bin echt von den Socken, was du mir da erzählst Sabine, wiederholte er sich mehrmals. Unglaublich. Die beiden anderen werden sicher staunen."

„Ja, das waren wir auch, echt von den Socken. Das ist der richtige Ausdruck", entgegnete ich ihm lachend." Aber jetzt freu ich mich, bald mal alle meine Onkels um mich zu haben. Sagen wir so gegen sieben Uhr abends?

„O.K, das ist doch mal ein Deal.", antwortet Thomas erfreut.

„Gut, wenn ich nichts Gegenteiliges von Dir höre, sehen wir uns dann in drei Wochen bei meinen Eltern". Ich verabschiedete mich und legte auf.

Die ganze Geschichte machte mir wirklich großen Spaß. Ich freute mich über das Zusammentreffen der Familie, die erstaunten Gesichter, das fröhliche Feiern und das Hören der vielen

Geschichten aller Beteiligten, die sicher erzählt werden würden.

Das Fest der Kinder der Anna Szember. Könnte ein Filmtitel sein, überlegte ich so bei mir.

Nie hätten wir uns das erträumen lassen. Neununddreißig Jahre nach dem Tod meiner Großmutter kamen alle Geschwister das erste Mal zusammen. Es würden ergreifende Momente werden. Ich konnte schon alleine an den Gedanken daran heulen. Vor Freude versteht sich. Die Idee, die an einem Silvesterabend in Feierlaune geboren wurde, sollte nun Wirklichkeit werden. Eine kleine telefonische Reise durch Deutschland führte mich zu meinem Onkel, von welchem ich anfangs nicht einmal sicher wusste, ob er ein Onkel oder eine Tante war.

Ich genoss einige Minuten der Stille, beobachtete meinen Sohn beim Spielen mit seinen Autos. Immer wieder hob er den Kopf und lächelte mich freundlich an. Mein Ein und Alles. Kein Mann der Welt würde mich je von ihm trennen. Während wir da ganz ruhig saßen, jeder mit sich beschäftigt, hatte ich ein seltsam gutes, ja man könnte sagen, ein zufriedenes Gefühl. Ich empfand tiefste Dankbarkeit für meine Familie und für mein Leben. Nie hätte ich mir vorstellen können meinen Kleinen irgendwo zurück zu lassen, um zum nächsten Mann zu gehen. Meine Großmutter hatte das sogar zweimal hintereinander getan. Wie konnte sie nur? Ich verstand diesen Aspekt nicht. Fehlte es ihr tatsächlich an Gefühlen? Mir ist bis heute nicht klar, ob sie die Kinder freiwillig zurückgelassen hatte, oder ob sie vielleicht keine andere Wahl hatte. Ich möchte eher Letzteres glauben. Meine Mutter wusste auch nichts Genaueres über die Situation damals. Sie war ja noch sehr klein und der Vater vermied das Thema strikt.

Kinder sind doch das Beste was wir erleben dürfen auf dieser Welt. Nichts geht über die Liebe zu seinem Kind. Wie kann eine Mutter ihr Kind freiwillig verlassen. Diese Frage wiederholte sich bei mir immer wieder und ging mir nicht aus dem Kopf.

Bei Männern konnte ich mir das eher ein wenig vorstellen. Sie kannten nicht das Gefühl, wie es ist, wenn man zum ersten Mal eine Bewegung im Bauch spürt. Diese Verbindung haben ausschließlich Mütter zu ihren Kindern. Ein inniges und warmes Gefühl. Fehlte ihr das tatsächlich?

Nach einigen besinnlichen Minuten schnappte ich mir das Telefon und wählte die Nummer meiner Eltern. Meine Mutter war sogleich am anderen Ende und ich erzählte ihr von meinem erfolgreichen Telefonat mit ihrem Bruder Thomas. Sie war erfreut darüber und sogleich besprachen wir das

Essen für diesen besonderen Tag bzw. den Abend.

Nicht zu aufwendig, denn keiner sollte ewig viel Zeit in der Küche verbringen. Es müsste deftig sein, so dachten wir, denn Männer mögen das. So fiel die Entscheidung nach kurzer Überlegung auf Rippchen mit Sauerkraut und Kartoffeln. Unsere gesamte Familie aß das ganz gerne und wir hofften, damit auch den Geschmack der anderen Familienmitglieder zu treffen. Dieses Essen ließ sich auch gut vorbereiten und immer wieder aufwärmen, falls der eine oder andere später kommen würde.

Unsere Familie war inzwischen ganz schön angewachsen. Meine Eltern, meine Schwestern mit Ehemännern, unsere Kinder und nun noch die vielen Onkels mit ihren Frauen und Kindern. Was für ein Treffen, welches nun doch schnell näher rückte. Die Wohnung meiner Eltern musste etwas umgeräumt werden, damit alle einen Platz bekamen. Hoffentlich reichten die Stühle im Haus, fragte ich mich mit einem Schmunzeln im Gesicht. Zusammenrücken auf der Couch war angesagt.

Die Osterfeiertage verbrachten wir mit den üblichen Familienzusammenkünften. Nestersuchen für die Kinder, Osterbrunch für die Großen.

Doch, ruckzuck waren sie auch schon wieder vorüber und der große Tag der Begegnung, des Festes der Kinder der Anna Szember, stand vor der Tür. Was wohl meine Großmutter dazu gesagt hätte? Ich bin mir sicher, sie schaute im Himmel zu und hatte mir bestimmt auch von oben bei meiner Recherche geholfen. Vielleicht tat es ihr sogar später leid, zwei ihrer Kinder bei den jeweiligen Vätern zurück gelassen zu haben. Wer weiß. Aber das

Wichtigste war nun: Heute würde meine Mutter endlich ihren großen Bruder kennenlernen. Sogar schon zwei Monate vor ihrem sechzigsten Geburtstag.

Sie wirkte sehr aufgeregt als ich mit meiner Familie gegen vierzehn Uhr bei meinen Eltern eintraf. Die Sonne schien, das Frühlingswetter zeigte sich von seiner besten Seite, und auch mein Mann und ich waren sehr gespannt auf alles, was wir heute noch erleben würden.

Sogleich holte mein Vater die Liegestühle hervor und stellte sie im Garten vor dem Gartenhäuschen auf. Inmitten von Tulpen und Narzissen, die schon herrlich blühten, saßen wir nun bequem in unseren Stühlen. Die Kinder tobten lachend im grünen Gras. Eine herrliche Stimmung begleitet von wärmenden Sonnenstrahlen machte sich breit.

Wir Erwachsenen warteten gespannt auf das Klingeln des Telefons. Es wurde nämlich vereinbart, dass Klaus sich meldet sobald er die Autobahn verließ, die unweit von meinem Elternhaus verlief und eine Anschlussstelle hatte, damit ich ihn dort abholen und zu uns führen konnte.

Derweil unterhielten wir uns und stellten uns vor, wie Klaus wohl aussah. War er groß oder klein, eher dick oder dünn. Das Foto, welches wir von ihm hatten, war nicht so aussagekräftig gewesen. Man sah nur seine lustigen Augen mit einem sympathischen Lächeln. Wir lachten und scherzten, während die Zeit nur so verflog.

Das Telefon klingelte nicht so früh, wie wir es erwarteten. „Nun, was sind schon ein paar Stunden gegen die vielen Jahre des Wartens", tröstete ich meine Mutter, die ungeduldig auf ihre Armbanduhr schaute.

„Ach", begann mein Vater, „es gab heute bestimmt Staus auf der Autobahn. Die ganzen Osterurlauber sind doch auf der Rückreise."

„Ja", stimmte meine Mutter ihm leise zu, „wahrscheinlich hast du Recht." Sie schloss die Augen und lehnte sich in ihrem Stuhl zurück.

„Wenn ich wüsste, dass ich noch Zeit hätte bis sie sich endlich meldeten, dann würde ich schnell noch zum Tanken fahren", sagte ich zweifelnd. „Nicht, dass mir nachher noch der Sprit ausgeht".

„Ja und was machen wir dann, wenn sie anrufen? „warf meine Mutter aufgescheucht ein und setzte sich schlagartig wieder aufrecht in den Liegestuhl".

„Aber Mama, ich bin doch in zehn Minuten wieder da", beruhigte ich sie

„die Tankstelle ist doch ganz in der Nähe."

„Nun, wenn du meinst", antwortete meine Mutter zögerlich, „aber immer dann, wenn man nicht damit rechnet ist es soweit."

Eine alte Weisheit, die wohl zu stimmen vermag. Ich sah, dass es ihr nicht recht war und entschloss mich erst einmal dazu noch abzuwarten. Die Zeit verging. Wir genossen die Frühlingssonne, sahen den Kindern beim Spielen zu, beobachteten des Nachbars Katze, wie sie um ums herumschlich, aber weiter geschah nichts. Kein Klingeln des Telefons war zu vernehmen, welches wir doch so sehr ersehnten.

Meine Mutter konnte nicht mehr stillsitzen und holte schon einmal den Kaffee und den Kuchen aus der Wohnung in den Garten um vollends den Tisch zu decken. Alles sollte ja auch gut vorbereitet sein. Sie würde ihrem großen Bruder einen herzlichen Empfang bereiten.

Klaus hatte sich allerdings in der Uhrzeit nicht festgelegt, meinte aber, dass er so gegen drei Uhr da sein konnte. Mittlerweile war es fast fünf Uhr geworden. Wir hatten bereits unseren Kaffee getrunken und einen Teil des Kuchens gegessen. Ich wandte mich an meine Mutter: „Wenn sie tatsächlich im Stau stecken, kann es Abend werden", sagte ich zu ihr, „ich fahr jetzt doch noch kurz zum Tanken." Mein Vater pflichtete mir bei, dass ich ja schnell wieder da wäre, und wenn sich in der zwischen Zeit etwas ergäbe, würde er sie eben von der Autobahnausfahrt abholen. Sie würden sich schon erkennen, obwohl Klaus doch mich erwartete.

Langsam räumte meine Mutter den Kaffeetisch wieder ab, ließ aber noch ein paar Tassen für Klaus und seine Familie stehen. Es konnte ja nicht mehr lange dauern. Und sicher hätten sie Hunger nach der Reise.

Ich stand auf und ging zu meinem Wagen. Patrick, mein Patenkind kam zu mir gelaufen und fragte, ob er mit zur Tankstelle fahren dürfte. Ich hatte nämlich heute das Verdeck von meinem VW Golf Cabrio offen und es machte ihm einen riesen Spaß „oben ohne" herumzufahren. Ich öffnete die Autotür und ließ meinen Sohn und Patrick auf der Rückbank Platz nehmen. Wir fuhren sogleich los. Die wärmende Sonne tat uns auch im Auto gut.

Während wir unterwegs waren, warteten meine Eltern weiterhin zuhause im Garten gespannt auf den Anruf.

Nachdem mein Auto wieder einen vollen Tank hatte, holte ich noch schnell Geld von der Bank und frisches Brot vom Bäcker. Wenn ich nun schon unterwegs war, wollte ich alles gleich erledigt haben. Nach etwa zwanzig Minuten machten wir uns wieder auf den Heimweg.

Als wir gerade in die Dorfhauptstraße einbogen, kam uns ein Fahrzeug entgegen. Es fuhr ungewöhnlich langsam, so als ob der Fahrer etwas suchte. Ich schaute zuerst auf das Nummernschild, denn normalerweise verirrten sich hierher in unser Dorf keine auswärtigen Autos, außer sie kamen zu Besuch. Das Kennzeichen war eindeutig aus den neuen Bundesländern. Ich fuhr nun auch langsamer und hielt schließlich mitten auf der Straße an. Als das entgegenkommende Auto auf unserer Höhe war stoppte es neben meinem Auto. Mir war sofort klar, wer hier auf der Gegenfahrbahn im Auto saß. Ich trug eine Sonnenbrille und befürchtete, dass ich nicht so leicht zu erkennen war. Schnell nahm ich sie ab. Wir befanden uns circa zwanzig Meter von meinem Elternhaus entfernt.

„Onkel Klaus", rief ich lachend, „du musst mein Onkel Klaus sein."

Ich freute mich so sehr, dass ich fast weinte vor Freude.

„Sabine?", fragte der Fahrer.

„Ja, ich bin es", antwortete ich und setzte die Sonnenbrille schnell wieder auf um meine Freudentränen, die mir nun doch in den Augen standen, zu verbergen. Wir beide strahlten über das ganze Gesicht. Auf der Beifahrerseite erkannte ich nun auch meine „neue" Tante.

„Dreht um und folgt mir, wir sind nur ein paar Meter von zu Hause weg", sagte ich.

Klaus wendete sein Fahrzeug und fuhr schließlich hinter uns her. Die Kinder hinter mir im Auto freuten sich mit mir, besonders aber Patrick, dass seine geliebte Oma endlich ihren so lange vermissten Bruder fand.

Meine Eltern staunten nicht schlecht, als zwei Fahrzeuge die Hofeinfahrt hochfuhren. Sie ahnten schon, wen ich da im Schlepptau hatte.

Endlich war das lang ersehnte Treffen da. Wir stiegen aus, und meine Eltern kamen auf uns zu. Ein spannender Moment. Bruder und Schwester standen sich nun zum allerersten Mal in ihrem Leben gegenüber. Sie sahen sich erst nur an und fielen sich dann wortlos in die Arme. Es war einfach überwältigend. Wir waren alle sehr gerührt von dem Augenblick.

Soviel Wärme und Zuneigung lag in der Umarmung der Geschwister, sodass alle drum herum es spüren konnten. Obwohl Klaus seit seiner Geburt etwa dreihundert Kilometer weiter weg in seiner Heimat lebte, fühlte er sich jetzt erst richtig angekommen. Er hatte seine Familie gefunden. Die Menschen, die ihm sein ganzes Leben vorenthalten wurden, weil sein Vater und seine Stiefmutter es so entschieden hatten. Doch keine Lüge hält ewig. Eines Tages sollte alles ans Licht kommen. Zum Glück geht das Schicksal eigene Wege. Die Zeit schien kurz still zu stehen.

Jeder hatte nun Tränen in den Augen, und meine Mutter, die sonst eigentlich immer etwas zu sagen wusste, verschlug es glatt die Sprache. Die Situation war einfach überwältigend und sprach für sich. Es war herrlich.

Ich ließ die Sonnenbrille auf meiner Nase, denn ich glaubte ich weinte am meisten. Einerseits rührten mich derartige Szenen ohne Ende, andererseits war ich froh, mein Versprechen gehalten zu haben. Dann kam Klaus zu mir um mich zu umarmen. Es war zu süß. Ich war mindestens zwanzig Zentimeter größer als er und er hatte Mühe mir einen Kuss auf die Wange zu drücken, weil ich an diesem Tag auch noch höhere Absätze trug. Aber man merkte sofort die Verbundenheit zwischen uns. Beide hatten wir die gleiche fröhliche Art und wir verstanden uns auf Anhieb. Sigrid, seine Frau freute sich ebenso und wir begrüßten uns auf das herzlichste. Sie flüsterte mir ein „Danke" ins Ohr und lächelte sanft. Was hätte schöner sein können?

Meine Mutter fand inzwischen ihre Worte wieder und fragte: „Trinkt ihr noch Kaffee?" Sie deutete auf den Tisch am Gartenhäuschen.

„Ich habe eine schöne Buttercremetorte gebacken."

„Gerne", antwortete Sigrid. „wir haben tatsächlich ein wenig Hunger. „Und Durst", ergänzte Klaus.

Während es sich nun alle am Tisch gemütlich machten, schnappte ich mir die Kamera um die ersten Fotos zu schießen. Klaus ähnelte seiner leiblichen Mutter Anna wirklich sehr. Er freute sich als wir ihm das sagten, denn schließlich kannte er sie ja nicht richtig. Er war noch sehr klein als sie die Familie verließ und später wurde sie ja von seinem Vater für tot erklärt, obwohl sie noch lebte. Es tat ihm sehr leid, die Chance, seine Mutter besser kennen zu lernen, verpasst zu haben, nur weil seine Stiefmutter und sein Vater ihm das verwehrten.

Ich schaute mir meinen Onkel genauer an. Er hatte die gleiche Gesichtsform, die Augen und der Mund waren eins mit seiner Mutter. Rote Bäckchen ließen ihn fröhlich aussehen.

Nachdem die erste Tasse Kaffee getrunken und das erste Stück Kuchen gegessen war, begann Klaus eine Geschichte zu erzählen.

„Wisst ihr", sagte er „Mein Vater hatte sich von meiner Mutter getrennt, als ich noch nicht einmal zwei Jahre alt war. Er hatte schnell wieder gehreiratet und ich musste Mama zu der neuen Frau sagen. Ich gewöhnte mich daran und im Lauf der Jahre war sie zu meiner Mutter geworden. Ich konnte mich dann an meine leibliche Mutter, und die Trennung von ihr, nicht mehr erinnern und so kam mir auch später nie der Gedanke, dass diese Gertrud nur meine Stiefmutter war."

Er wirkte etwas bedrückt als er die Worte sprach und fuhr fort: „Allerdings hatte ich ein Erlebnis in der ersten Klasse, dass mir später erst zu Denken gab.

Eines Tages, als ich in der Schule war und gerade große Pause hatte, geschah etwas Seltsames, an was ich mich heute noch genau erinnere. Wir Kinder hielten uns ja immer draußen auf dem Schulhof auf, aßen unsere Brote und tobten ein wenig herum. Dann bemerkte ich plötzlich, dass eine fremde Frau über den Schulhof lief und direkt auf mich zukam. Sie lächelte mich an. Ich war wohl verwundert, doch es war mir nicht unangenehm. Sie hatte ein freundliches Gesicht und mir gefielen besonders ihre strahlenden Augen. Diesen Blick von ihr, werde ich nie vergessen. Sie strich mir sanft mit der Hand über den Kopf und schenkte mir eine Tafel Schokolade. Sie sagte zu mir, ich sollte niemanden von ihrem Besuch erzählen. Dann drehte sie sich um und ging fort. Ich sah sie nie wieder.

Ich blieb mit einem gemischten Gefühl der Freude über die Schokolade und einem sonderbaren Gefühl, welches ich mir damals nicht erklären konnte, zurück. Im anschließenden Unterricht konnte ich mich kaum mehr konzentrieren an diesem Tag und freute mich auf das Schulende, um nach Hause zu gehen. Die Schokolade versteckte ich zwischen den Büchern in meinem Schulranzen und holte sie immer wieder hervor um ein Stück zu essen. Sie schmeckte so gut. Erzählt habe ich niemandem davon. Bis heute. Ich freute mich damals so sehr über die Schokolade, denn das war zu dieser Zeit etwas ganz Besonderes. Schokolade gab es nur zu Weihnachten oder an Geburtstagen.

Heute weiß ich, wer diese Frau war. Es war meine Mutter. Sie hatte mich nicht vergessen. Sie musste ja wohl auch gewusst haben, wo ich zu finden war. Damals hatte ich keine Ahnung, denn die Welt schien in Ordnung. Und wem sollte ich schon groß davon erzählen? Das Vertrauen zu meinen Eltern hielt sich in Grenzen und die Schokolade wollte ich ja auch nicht wieder abgeben.

Ich habe euch ja schon erzählt, dass ich zufällig von einer Nachbarin erfuhr, dass die damalige Frau meines Vaters, meine Stiefmutter war und sie nichts wussten über den Verbleib meiner leiblichen Mutter. Was sollte ich also tun? Alle sagten sie wäre tot, als ich meinen Vater drauf ansprach. Dass sie noch lebte, wusste auch die Nachbarin nicht. Es gab also keinen Anhaltspunkt für mich sie zu suchen. Keiner verriet mir den Namen ihres zweiten Mannes, sodass ich ihn hätte kontaktieren können.

Mir waren die Hände gebunden. Ich bin euch ja so dankbar, dass Ihr mich gesucht habt." Sein Blick fiel zu mir.

Wir alle hatten erneut Tränen in den Augen, als wir die Geschichte hörten.

Wie konnte man nur einem Kind die Mutter vorenthalten? Ihm erzählen sie wäre tot, obwohl sie noch lebte? Hat nicht jedes Kind das Recht zu erfahren, wo seine Wurzeln sind. Sie war doch keine Verbrecherin. Viele Fragen kamen auf. Hatte Anna ihren Sohn schon öfter auf dem Schulhof beobachtet? Wieso durften die beiden keinen Kontakt haben? Fragen, auf welche wir keine Antwort mehr bekamen. Es trat eine kurze Stille ein, in der jeder mit seinen Gedanken für sich war.

„Heute Abend lernst du deine anderen Geschwister kennen", warf mein Vater ein und morgen fahren wir auf den Friedhof wo das Grab deiner Mutter war, welches zwar leider nicht mehr existiert nach so langer Zeit. Danach zeige ich euch das Haus wo Anna zuletzt gelebt hatte."

Klaus lächelte zufrieden mit einer leichten Melancholie in den Augen. Viel mehr konnte er nicht mehr erwarten, nach all den Jahren. Die Spuren seiner Mutter waren fast verwischt. Er saugte jedes Wort, jede Information auf wie ein trockener Schwamm das Wasser. Zum Glück waren da noch die Familie, seine Halbschwester und seine Halbbrüder. In ihm und ihnen allen lebte Anna Szember fort.

Meine Mutter erzählte nun auch, dass sie zuerst ebenso bei ihrem Vater gelebt hatte, wobei sie davon aber die ersten Jahre bei ihrer Großmutter auf dem Land war, da ihr Vater ja arbeiten musste.

Später zog sie dann wieder zu ihrer Mutter, denn ihr Vater heiratete wieder. Ihre Stiefmutter, eine elegante Dame aus der Stadt, war auch nicht gerade mit viel Liebe für sie ausgestattet. Die zweite Frau ihres Vaters, Ruth, war zwölf Jahre jünger als ihr Mann, hatte keine eigenen Kinder und von Kindererziehung keine Ahnung. Im Prinzip wusste sie nicht mit der Stieftochter umzugehen. Es gab oft Streit wegen Kleinigkeiten. Sie war sehr penibel und führte sich auch dementsprechend auf.

Eines Tages beschloss meine Mutter weg zu ziehen. Zu ihrer leiblichen Mutter. Dort lebte sie dann mit den drei Halbbrüdern, ohne Klaus jedoch. Ihr war nun wichtig in Ruhe eine Berufsausbildung zu machen und möglichst schnell auf eigenen Beinen zu stehen.

Sie erzählte Klaus noch mehr Einzelheiten, wie ihre Mutter war und er hörte gespannt zu. Alles interessierte ihn bis auf das winzigste Detail. Der Nachmittag verging wie im Fluge. Die Geschwister unterhielten sich angeregt, lachten und weinten. Es war eine bittersüße Stimmung, die aber am Ende doch in der Freude überwiegte. Die vergangenen Jahre wurden im Zeitraffer betrachtet und jeder hatte sein eigenes Leben gelebt, wie er eben konnte.

Während alle in alten Geschichten schwelgten, erhob ich mich vom Liegestuhl um den weiteren Programmpunkt vorzubereiten. Das große Essen mit allen Kindern der Anna Szember sollte in einer guten halben Stunde stattfinden. Ich hatte noch eine Weile in der Küche zu tun, bis alles so war, wie wir uns es vorgestellt hatten. Die Tische waren bereits im Wohnzimmer gedeckt, das Bier im Kühlschrank bereitgestellt. Das Sauerkraut, welches wir bereits vorgekocht hatten, musste langsam erwärmt werden, damit es nicht einbrannte. Die geräucherten Schweinerippchen schmorten in der Brühe vor sich hin, die Kartoffeln wurden auf dem Herd warmgehalten und ich musste nur noch das frische

Weißbrot aufschneiden um es auf den Tisch zu stellen. Alles stand nun bereit, es konnte gleich losgehen.

Kapitel 5

Am Abend trafen dann die anderen Brüder ein. Gemeinsam in einem Auto fuhren sie in Richtung Garten und parkten das Fahrzeug im Hof davor. Wir standen nicht weit entfernt und freuten uns auf die Besucher.

Fast gleichzeitig öffneten sich vier Autotüren und man blickte in strahlende Gesichter. Ja, alle waren heute in bester Laune. Schließlich erlebte man nicht alle Tage, was wir zu feiern hatten.

Gespannt liefen die Neuankömmlinge gleich auf ihren älteren Bruder zu, der aus der Reihe der Wartenden herausstach, nicht zuletzt, weil er deutlich kleiner war als die anderen.

Doch das war weniger wichtig. Wichtig war der Moment. Und dieser Moment der Begegnung war ebenso herzlich wie ein paar Stunden zuvor, als wir Klaus das erste Mal begrüßten. Wieder flossen einige Freudentränen.

Ich nutzte sofort die Gelegenheit für diverse Geschwisterfotos. Händeschütteln, Umarmungen und Küsschen geben wurde sofort mit der Kamera festgehalten. Eifrige Gespräche folgten, die später am Tisch fortgeführt werden sollten. Meine Mutter stand in glücklicher Runde inmitten ihrer vier Brüder. Wer hätte das gedacht, sagte ich mir immer wieder. Das Ziel war mehr als erreicht. Die Kinder staunten zwar, ließen sich aber nicht weiter beeindrucken und genossen es, dass die Erwachsenen sie nicht ständig beobachteten. So konnten sie in Ruhe, mit einem Stück Brot und einer Limonade in der Hand, im Garten weiterspielen.

Nach einer innigen Begrüßung machten sich die Erwachsenen auf den

Weg in Richtung Wohnzimmer, wo der Tisch für das große Essen wartete. Ich begab mich sofort wieder in die Küche und schöpfte das Kraut und die Rippchen aus den Töpfen in die bereitstehenden Schüsseln und Servierplatten, während mein Vater alle mit Getränken versorgte. Die Männer tranken gerne Bier dazu, die Frauen bevorzugten den Mix aus Bier und Limonade, ein Radler. Deftiges Essen verlangt nach deftigen Getränken.

Bei stimmungsvoller Musik im Hintergrund führte man angeregt Gespräche, es wurde gegessen und getrunken. Für ein Prosit nach dem anderen erhoben die Geschwister ihre Gläser und jeder schien sichtlich zufrieden. Die Chemie stimmte zwischen den neuen und bekannten Verwandten, was wollte man mehr.

Anna war irgendwie in unserer Mitte. An diesem Abend wurde natürlich viel über sie gesprochen. Doch keiner konnte wirklich sagen, warum sie damals zwei ihrer Kinder bei den Vätern zurückgelassen hatte. Es wurden Thesen aufgestellt und Vermutungen ausgesprochen, doch alle Fragen ließen sich beim besten Willen nicht beantworten. So erzählte eben jeder auch viel von sich. Anekdoten aus der Kindheit, Erinnerungen und Erlebnisse, die das Leben prägten. Die fünf Kinder von Anna hatten allesamt eine andere Kindheit. Sie waren Geschwister aber nur drei davon lebten zusammen mit den anderen. Die beiden ältesten wuchsen sozusagen als Einzelkinder auf. Als meine Mutter dann schließlich zu ihrer Mutter zog, war sie fast erwachsen. Der Grund war einzig und allein die neue Frau an ihres Vaters Seite. Ruth war zu jung und unerfahren um mit einem Teenager umgehen zu können. Meine Mutter wandte sich ab und Ruth schien das nicht unangenehm zu sein. Glücklicherweise war sie geprägt von der Liebe und Fürsorge ihrer Großmutter, der Mutter ihres Vaters. Diese Liebe gab sie auch an ihre Enkel weiter, besonders an Patrick, der ja von Geburt an bei meinen Eltern lebte.

Trotz der Tragik des Geschehens mit Klaus, gab es dennoch auch viel zu lachen. Der Augenblick war wichtig und wurde ausgekostet. Die Stimmung stieg im Verlauf des Abends noch an.

Nach dem Essen wurde gesungen und getanzt. Temperamentvoll und ausgelassen, ja so stellte man sich auch Anna Szember vor. Ihre Kinder lebten für sie weiter.

Lange hatten wir kein solches Fest gefeiert. Alle waren sich einig, dass nun der Kontakt nicht wieder abreißen durfte.

Der fünfzigste Geburtstag einer der Brüder stand ins Haus und sofort wurden die Einladungen ausgesprochen. Gegen Ende der Feier, weit nach Mitternacht, waren sich alle einig: Das war ein gelungenes Fest. Ich bekam noch einmal ein Dankeschön von allen Seiten, denn ohne meine Recherche wäre dies nicht möglich gewesen.

Klaus war selig im Kreise seiner neuen Familie. Seine Augen leuchteten, seine roten Wangen und sein freundliches Lächeln machten ihn zu einem sympathischen Bruder, Schwager und Onkel. Auch meine Mutter war überglücklich. Durch die Verbindung zu Klaus hatte sie auch wieder mehr Kontakt zu ihren anderen Brüdern bekommen und dies sollte sich von nun an nie mehr ändern. Ich war stolz auf mich dies alles vollbracht zu haben, aber selbstverständlich freue ich mich auch meine Onkels zu haben.

Klaus und seine Frau bezogen für diese Nacht das Gästezimmer in meinem

Elternhaus. Wir anderen fuhren jeder zu sich nach Hause und fielen glücklich und zufrieden in unsere Betten. Meine Gedanken kreisten noch eine Weile um den Tag und den Abend, bis ich endlich einschlafen konnte. Schöner und harmonischer hätte es nicht sein können.

Die Nacht war kurz und so richtig ausgeschlafen hatten wir nicht.

Louis und ich fuhren am nächsten Morgen noch einmal zu meinen Eltern, um dort nach dem Frühstück die neuen Familienmitglieder wieder zu verabschieden. Wir ließen den Vorabend noch einmal Revue passieren und kamen alle zu der Ansicht, dass so ein Fest wiederholt werden musste. Ein gutes Gefühl begleitete uns dabei, denn der Kontakt sollte nun nie wieder abreißen.

 Als nächstes wollte nun meine Mutter zusammen mit meinem Vater ihren

Bruder in Arnstadt besuchen. Und das sollte bereits in den kommenden Wochen sein. Noch vor ihrem sechzigsten Geburtstag.

In der Großfamilie gab es nun weiterhin viele Ereignisse und Familienfeste, die Anlass für ein Wiedersehen gaben. Regelmäßige Telefonate rundeten die Zusammengehörigkeit trotz der Entfernung ab. So konnte man wahrhaftig sagen: „Ende gut, alles gut!"